I0556927

الصياد العفريت

القصة الثانية
من قصص ألف ليلة وليلة

إعداد وتحرير: رأفت علام

مكتبة المشرق الإلكترونية

صدر في أغسطس 2018 عن مكتبة المشرق الإلكترونية – مصر

Table of Contents

الصياد والعفريت

الفصل الأول: أربع رميات، والله الرزاق الفصل

الثاني: حكاية الملك يونان والحكيم رويان   .

الفصل الثالث: الملك السندباد والصقر الأمين

الفصل الرابع: الوزير الحسود   .

الفصل الخامس: أربع سمكات ملونة

الفصل السادس: الساحرة والعبد الأسود

الفصل الأول: أربع رميات، والله الرزاق

كان يا ما كان في قديم الزمان، في بلد ساحلي بعيد، عاش صياد فقير طاعنٌ في السن له زوجة وثلاثة أولاد. كانت تلك الأسرة تعيش على الكفاف، فما يصطاده الصياد من البحر يكاد يكفيهم ويسد جوعهم.. كان الصياد معتادًا على رمي شبكته كل يوم أربع مرات لا غير فيكتفي بما رزقه الله ويحمده ويثني عليه ثم يرجع إلى بيته وأسرته..

وذات يوم خرج الصياد إلى الشاطئ ظهرًا، وحط معطفه، وطرح شبكته، وصبر إلى أن استقرت في الماء ثم جمع خيطانها فوجدها ثقيلة، فجذبها بكل قوته فلم يقدر على ذلك.. فذهب بطرف الشبكة إلى البر ودق وتدًا وربطها فيه.. ثم خلع ملابسه وغطس في الماء حول الشبكة، وما زال يعالج حتى أخرجها.. ثم لبس ثيابه وأتى إلى الشبكة فوجد فيها حمارًا ميتًا.. فلما رأى ذلك حزن وقال:

- لا حول ولا قوة إلا با   العلي العظيم، إن هذا الرزق عجيب.

وأنشد يقول:

يا خائضًا في ظلام الله والهلكة أقصر عنك فليس الرزق بالحركة

ثم أن الصياد لما رأى الحمار ميتًا خلصه من الشبكة وعصرها، فلما فرغ من عصرها نشرها وبعد ذلك نزل مرة أخرى إلى البحر يبتغي الرزق، وقال:

- بسم الله.

وطرحها وصبر عليها حتى استقرت، ثم جذبها فثقلت ورسخت أكثر من المرة الأولى، فظن أن فيها السمك الكثير.. فربط الشبكة وخلع ملابسه وغطس ليعالج الشبكة إلى أن خلصها وأخرجها إلى البر.. فوجد فيها زيرًا كبيرًا، وهو ملآن بالرمل والطين.. فلما

رأى ذلك نظر إلى السماء في أسف ورجاء ودعا الله أن يرزقه برزق أطفاله..

رمى الصياد الزير وعصر شبكته ونظفها واستغفر الله وعاد إلى البحر لثالث مرة، ورمى الشبكة وصبر عليها حتى استقرت، ثم جذبها فوجد فيها شفافة وقوارير، فرفع رأسه إلى السماء وقال:

- اللهم أنك تعلم أني لن أرم شبكتي غير أربع مرات وقد رميت ثلاثًا.

ثم أنه سمى الله ورمى الشبكة في البحر وصبر إلى أن استقرت، وجذبها فلم يطق جذبها وإذا بها اشتبكت في الأرض.. فقال:

- لا حول ولا قوة إلا با ..

فغطس بملابسه وصار يعالج فيها إلى أن أخرجها إلى الشاطئ، وفتحها فوجد فيها قمقمًا من نحاس أصفر، وفمه مختوم برصاص طبع عليه خاتم الملك سليمان.

فلما رآه الصياد، فرح وقال:

- الحمد الذي رزقني هذا القمقم النحاسي، سأذهب لأبيعه في سوق النحاس فإنه يساوي عشرة دنانير من الذهب..

حمل الصياد القمقم، فوجده ثقيلاً.. ففكر:

- لابد أن أفتحه، وانظر ما في داخله. ثم أبيعه في سوق النحاس..

فأخرج سكينًا، وعالج الرصاص المختوم إلى أن فكه من القمقم ووضعه على الأرض ثم هزه ليكتشف ما فيه، فلم ينزل منه شيء.. وفجأة، خرج من القمقم دخان صعد إلى السماء، ومشى على وجه الأرض.. فتعجب الصياد غاية العجب. تكامل الدخان، واجتمع ثم تكون فصار عفريتًا رأسه في السحاب ورجلاه في التراب.. برأس كالقبة وأيدي كالمداري ورجلين كالصواري، وفم كالمغارة، وأسنان كالحجارة، وأنف كالإبريق، وعينين كالسراجين، أشعث أغبر. فلما رأى

الصياد ذلك العفريت ارتعدت فرائصه واصطكت أسنانه، وجف ريقه وعمي عن طريقه، فلما رآه العفريت قال بصوت كالرعد:

- لا إله إلا الله سليمان نبي الله.

ثم ركع ساجدًا أمام الصياد وقال:

- يا نبي الله، رجاءً لا تقتلني فإني لا عدت أخالف لك قولاً ولا أعصي لك أمرًا.

تعجب الصياد من فعل المارد وقال بصوت لا يخلو من الخوف:

- أيها المارد، أتقول سليمان نبي الله، لقد مات نبي الله سليمان منذ ألف وثمانمائة سنة، ونحن الآن في آخر الزمان، فما قصتك؟ وما حديثك؟ وما سبب دخولك إلى هذا القمقم؟

فلما سمع المارد كلام الصياد قال:

- لا إله إلا الله، أبشر أيها الصياد..

فقال الصياد:

- بم تبشرني؟؟

فقال المارد وقد ارتسمت ابتسامة شريرة على وجهه القبيح:

- أبشر بقتلك في التو والحين..

اتسعت عينا الصياد في رعب وقال:

- تستحق على هذه البشارة زوال الستر عنك يا بعيد، لأي شيء تقتلني وقد خلصتك من القمقم ونجيتك من قرار البحر، وأخرجتك إلى البر، وجعلتك من الأحرار بعد سجن دام ما يقرب من ألفي سنة؟؟

فقال العفريت كأنه لم يسمع كلام الصياد المسكين:

- تمن علي أي موتة تموتها، وأي قتلة تقتلها..

فقال الصياد وقد تملكه الرعب:

- ما ذنبي حتى يكون هذا جزائي منك؟

فقال العفريت:

- اتسمع حكايتي أيها الصياد؟

قال الصياد:

- احك وأوجز في الكلام فإن روحي وصلت إلى قدمي.

قال العفريت:

- كنت من الجن المارقين، وقد عصيت سليمان بن داود، فأرسل لي وزيره آصف ابن برخيا، فأتى بي مكرهًا، وقادني إليه وأنا ذليل على رغم أنفي وأوقفني بين يديه فلما رآني سليمان، استعاذ با مني، وعرض علي الإيمان والدخول تحت طاعته فأبيت.. فطلب هذا القمقم وحبسني فيه وختم علي بالرصاص وطبعه بالاسم الأعظم، وأمر الجن فحملوني وألقوني في وسط البحر، وفي أول مائة عام، قررت في قلبي أن من يخلصني من محنتي، أغنيته إلى الأبد، فمرت المائة عام ولم يخلصني أحد.. ودخلت مائة أخرى، فقررت أنه من يخرجني من القمقم، فتحت له كنوز الأرض، فلم يخلصني أحد.. فمرت علي أربعمائة عام أخرى، فقررت أنه من يخلصني، أحقق له ثلاث أمنيات.. فلم يخلصني أحد، فغضبت غضبًا شديدًا.. وقررت في نفسي أن من يخلصني في هذه الساعة، سأقتله بالطريقة التي يقررها.. وها أنت ذا قد خلصتني ومنيتك كيف تموت.

فلما سمع الصياد كلام العفريت قال:

- يا الله.. إنه لمن العجب أنني ما جئت لأخلصك إلا في هذه الأيام، يا ليتني خلصتك عندما قررت أن تغني من ينقذك، ولكن للأسف لم يكن جد جدي قد ولد حين ذاك..

ثم قال الصياد للعفريت:

- اعف عن قتلي، يعف الله عنك، ولا تهلكني، يسلط الله عليك من يهلكك.

فقال العفريت بصوته الجهوري:

- لابد من قتلك، فتمن علي أي موتة تموتها..

فلما تحقق ذلك منه الصياد راجع العفريت، وقال:

- اعف عني إكرامًا لما أعتقتك.

فقال العفريت:

- وأنا ما أقتلك إلا لأنك خلصتني.

فقال الصياد:

- يا شيخ العفاريت هل أصنع معك مليح، فتقابلني بالقبيح؟

فلما سمع العفريت كلامه قال:

- لا تطمع.. فلابد من موتك..

طأطأ الصياد برأسه مفكرًا:

- هذا عفريت جني، وأنا إنسي وقد أعطاني الله عقلاً كاملاً.. وها أنا أدبر أمرًا في هلاكه بحيلتي وعقلي وهو يدبر بمكره وخبثه.

ثم قال للعفريت:

- هل أنت مصمم على قتلي؟

قال الجني:

- أنت ميت لا محالة..

فقال له الصياد:

- بالاسم الأعظم المنقوش على خاتم سليمان، أسألك عن شيء وتصدقني فيه القول.

نظر إليه العفريت في غضب، فلما سمع ذكر الاسم الأعظم، اضطرب واهتز وقال:

- اسأل وأوجز.

فقال الصياد:

- كيف كنت تسكن هذا القمقم، والقمقم لا يسع يدك ولا رجلك فكيف يسعك كلك؟؟

اقترب العفريت من الصياد وسأله:

ـ ألا تصدق أنني كنت في القمقم؟

فقال الصياد:

ـ طبعا.. لا أصدق أبدًا، حتى أنظر إليك بعيني وأنت بداخله..

انتفض العفريت، وتحول وتحور وانساب كيانه دخانًا صاعدًا إلى الجو، ثم اجتمع ودخل في القمقم قليلاً، حتى استكمل الدخان داخل القمقم.. وإذا بالصياد أسرع وأخذ سدادة الرصاص المختومة وسد بها فم القمقم، ونادى العفريت، وقال له:

ـ تمن علي يا خسيس أي موتة تموتها.. سأرميك في هذا البحر وسأبني لي هنا بيتًا وكل من يأتي هنا ليصطاد، سأمنعه وأقول له أن هنا عفريت.. فلما سمع العفريت كلام الصياد، أصابه غضب عارم، وأراد الخروج فلم يقدر ورأى نفسه محبوسًا.. ورأى عليه طابع خاتم سليمان.. وعلم أن الصياد قد احتال عليه وسجنه سجن أحقر العفاريت وأقذرها وأصغرها، ثم ذهب الصياد بالقمقم إلى البحر، فناداه العفريت وصاح:

ـ لا، لا..

فقال الصياد:

ـ لابد، لابد..

فلطف المارد كلامه وخضع وقال:

ـ ماذا تريد أن تصنع بي يا صياد.

قال الصياد متشفيًا:

ـ سألقيك في البحر فإن كنت قد أقمت فيه ألفًا وثمانمائة عام، فأنا سأجعلك تمكث فيه محبوسًا إلى أن تقوم الساعة، أما قلت لك أبقيني يبقيك الله ولا تقتلني يقتلك الله؟؟ فأبيت قولي وما أردت إلا غدري فألقاك الله في يدي فغدرت بك..

فقال العفريت:

ـ افتح لي حتى فأحسن إليك..

فقال له الصياد:

ـ تكذب يا ملعون، أنا مثلي ومثلك مثل وزير الملك يونان والحكيم رويان.

فقال العفريت:

ـ وما شأن وزير الملك يونان والحكيم رويان وما قصتهما.

الفصل الثاني: حكاية الملك يونان والحكيم رويان

قال الصياد:

ـ اعلم أيها العفريت، أنه كان في قديم الزمان، وسالف العصر والأوان، في مدينة الفرس وأرض رومان كان هناك ملكًا يسمى الملك يونان، وكان ذا مال وجنود وبأس وأعوان من سائر الأجناس، وكان مريض بالبرص وقد عجز فيه الأطباء والحكماء ولم ينفعه منه شرب أدوية ولا سفوف ولا دهان ولم يقدر أحد من الأطباء أن يداويه. وكان قد حل على المدينة حكيم كبير طاعن في السن يسمى الحكيم رويان، وكان عارفًا بالكتب اليونانية والفارسية والرومية والعربية والسريانية وعالمًا في الطب والنجوم وعالمًا بأصول حكمتها وقواعد أمورها، من منفعتها ومضرتها. عالمًا بخواص النباتات والحشائش والأعشاب المضرة والنافعة.. فقد تعلم علم الفلاسفة وجاز جميع العلوم الطبية وغيرها، ثم إن الحكيم لما دخل المدينة وأقام بها أيام قلائل، سمع خبر الملك وما جرى له في بدنه من البرص الذي ابتلاه الله به، وقد عجز عن مداواته الأطباء وأهل العلوم. فلما بلغ ذلك الحكيم بات مشغولاً.. فلما أصبح الصباح، لبس أفخر ثيابه واستأذن ليدخل على الملك يونان فأذن له، دخل الحكيم إلى البلاط الملكي، وقبل الأرض تحت أقدام الملك، ودعا له بدوام العز والنعم، ثم عرفه على نفسه فقال:

ـ أيها الملك: بلغني ما اعتراك من هذا الذي في جسدك وأن كثيرًا من الأطباء لم يعرفوا الحيلة في زواله، وها أنا ذا أداويك أيها الملك ولا أسقيك دواء ولا أدهنك بدهان.

فلما سمع الملك يونان كلامه تعجب وقال له:

ـ كيف تفعل، فوالله لو برأتني أغنيك لأحفاد أحفادك، وأنعم عليك

بما تتمناه فهو لك، وتكون نديمي وحبيبي.

ثم خلع عليه، وأحسن إليه، وقال له:

- أتبرئني من هذا المرض، بلا دواء ولا دهان؟

قال الحكيم:

- نعم يا مولاي، أبرئك بلا مشقة في جسدك.

فتعجب الملك غاية العجب ثم قال له:

- أيها الحكيم، لقد سأمت المرض لسنوات، فمتى ستعمل على شفائي؟

قال الحكيم:

- سمعًا وطاعة.

نزل الحكيم من عند الملك واشترى له بيتًا وضع فيه كتبه وأدويته وعقاقيره، ثم استخرج الأدوية والعقاقير وجعل منها صولجانًا وجوفه وعمل له قصبة وصنع له كرة بمعرفته. فلما فرغ مما يصنع، ذهب إلى الملك في اليوم التالي، ودخل عليه وقبل الأرض بين يديه، وقال الحكيم:

- يا مولاي، ستركب إلى الميدان وستلعب بهذه الكرة وهذا الصولجان..

وكان معه الأمراء والحجاب والوزراء وأرباب الدولة. فتعجب الملك وحاشيته غاية العجب، وتساءلوا:

- ما شأن الميدان والصولجان بداء الملك؟

ولكن الملك لقلة حيلته، قرر أن ينفذ في الحال.. فما استقر الملك بين الجلوس في الميدان، حتى اقترب منه الحكيم رويان وناوله الصولجان وقال له:

- خذ هذا الصولجان واقبض عليه مثل هذه القبضة وامش في الميدان واضرب به الكرة بقوتك حتى يعرق كفك وجسدك، فينفذ الدواء من كفك فيسري في سائر جسدك، فإذا عرقت وأثر الدواء

فيك، فارجع إلى قصرك وادخل الحمام واغتسل ونم فقد شفيت.

أخذ الملك يونان ذلك الصولجان من الحكيم، ومسكه بيده، وركب الجواد، وركب الكرة بين يديه وساق خلفها حتى لحقها وضربها بقوة وهو قابض بكفه على قصبة الصولجان، وما زال يضرب به الكرة حتى عرق كفه وسائر بدنه وسرى له الدواء من القبضة. وعرف الحكيم رويان أن الدواء سرى في جسده فنصح بالرجوع إلى القصر، وأن يدخل الحمام من ساعته، فرجع الملك يونان من وقته وأمر أن يخلو له الحمام فأخلوه له، وتسارعت الفراشون وتسابقت المماليك وأعدوا للملك قماشه ودخل الحمام واغتسل غسيلاً جيدًا، ثم لبس ثيابه داخل الحمام ثم خرج منه وركب إلى قصره ونام. هذا ما كان من أمر الملك يونان، وأما ما كان من أمر الحكيم رويان فإنه رجع إلى داره وبات ليلته.

عندما خرج الملك من الحمام، نظر إلى جسده فلم يجد فيه شيئًا من البرص وصار جسده نقيًا مثل الفضة البيضاء، ففرح بذلك غاية الفرح واتسع صدره وانشرح. فلما أصبح الصباح دخل الديوان وجلس على عرش ملكه، ودخلت عليه الحجاب وأكابر الدولة ثم دخل عليه الحكيم رويان، فلما رآه قام إليه مسرعًا، وأجلسه بجانبه وإذا بموائد الطعام قد مدت فأكل معه وظل عنده ينادمه طول نهاره.

فلما أقبل الليل، أنعم الملك على الحكيم بألفي دينار، غير الجواهر والهدايا، وأركبه جواده، وانصرف إلى داره.. والملك يونان يتعجب من صنعه ويقول:

ـ هذا الحكيم داواني من عرق جسدي ولم يدهنني بدهان، فوالله ما هذه إلا حكمة بالغة، فيجب علي لهذا الرجل الإنعام والإكرام وأن أتخذه جليسًا وأنيسًا مدى الزمان.

وبات الملك يونان مسرورًا فرحًا بصحة جسمه وخلاصه من مرضه. فلما أصبح الملك وجلس على عرشه، ووقفت أرباب

دولته وجلس الأمراء والوزراء على يمينه ويساره، أرسل في طلب الحكيم رويان.. وبعد حين، وصل الحكيم، وقبل الأرض بين يديه، فقام الملك ورحب به وأجلسه بجانبه وأكل معه وحياه وخلع عليه وأعطاه، ولم يزل يتحدث معه إلى أن أقبل الليل فأمر له بخمس خلع وألف دينار. ثم انصرف الحكيم إلى داره وهو شاكر للملك.

كان للملك وزير من وزرائه بشع المنظر، نحس الطالع، لئيم بخيل حسود مجبول على الحسد والمقت. فلما رأى هذا الوزير أن الملك قد قرب الحكيم رويان وأعطاه هذه العطايا والنعم، حسده عليها، وأضمر له الشر.. كما قيل في الأثر: ما خلا جسد من حسد. وقيل أيضا: الظلم كمين في النفس القوة تظهره والعجز يخفيه. تقدم الوزير إلى الملك يونان، وقبل الأرض بين يديه وقال له:

- يا ملك العصر والأوان، أنت الذي شمل الناس إحسانك، لك عندي نصيحة عظيمة فإن أخفيتها عنك أكون ابن حرام، فإن أمرتني أن أقولها، سأقولها لك.

فقال الملك وقد أزعجه كلام الوزير:

- وما نصيحتك؟

فقال الوزير اللئيم:

- أيها الملك الجليل، قال القدماء: "من لم ينظر في العواقب فما الدهر له بصاحب"، وقد رأيت الملك على غير صواب، حيث أنعم على عدوه وعلى من يطلب زوال ملكه وقد أحسن إليه وأكرمه غاية الإكرام وقربه غاية القرب، وأنا أخشى على الملك من ذلك.

نظر الملك إلى الوزير في دهشة وانزعج جدًا وتغير لونه وصاح في الوزير:

- من الذي تزعم أنه عدوي وأحسنت إليه؟

فقال الوزير:

ـ أيها الملك إن كنت نائمًا فاستيقظ، فأنا أشير إلى الحكيم رويان.

فقال له الملك في عجب:

ـ الحكيم رويان؟ أنه صديقي، وهو أعز الناس عندي، لأنه داواني بشيء قبضته بيدي، وأبراني من مرضي الذي عجز فيه الأطباء، وهو لا يوجد مثله في هذا الزمان في الدنيا غربًا وشرقا، فكيف تقول عليه هذا القول وأنا منذ ذلك اليوم، وأنا أربط له في كل شهر ألف دينار ولو قاسمته في ملكي كان قليلاً عليه. وما أظن أنك تقول ذلك إلا حسدًا. إن بداخلك حسد من هذا الحكيم، فتريدني أن أقتله، وبعد ذلك أندم كما ندم الملك السندباد على قتل الصقر.

فقال الوزير:

ـ وكيف كان ذلك؟

الفصل الثالث: الملك السندباد والصقر الأمين

قال الملك:

ـ كان السندباد أحد ملوك الفرس يحب التنزه والصيد والقنص وكان له صقر رباه ولا يفارقه ليلاً ولا نهارًا، ويبيت طوال الليل حامله على يده وإذا خرج إلى الصيد، يأخذه معه وله طاسة من الذهب معلقة في رقبته يسقيه منها. وذات يوم، وبينما الملك جالس في مجلسه، جاءه الوكيل على طير الصيد يقول:

ـ يا ملك الزمان هذا أوان الخروج إلى الصيد.

فاستعد الملك السندباد للخروج وأخذ الصقر على يده وساروا إلى أن وصلوا إلى واد.. ونصبوا شبكة الصيد.. إذا بغزالة وقعت في تلك الشبكة فصاح الملك:

ـ من فاتت الغزالة من جهته قتلته، فضيقوا عليها حلقة الصيد.. وإذا بالغزالة أقبلت على الملك وشبت على رجليها وحطت يديها على صدرها كأنها تقبل الأرض للملك، فطأطأ الملك للغزالة ففرت من فوق دماغه واختفت في الأحراش.

التفت الملك إلى المعسكر فرآهم يتغامزون عليه، فقال:

ـ يا وزير، علام يتغامز أولئك العساكر؟

فقال الوزير بعد تردد:

ـ يقولون إنك يا مولاي قلت إنه من فاتت الغزالة من جهته سيقتل.

نظر الملك إليهم في غضب وقال:

ـ والله لأتبعنها حتى أظفر بها.

ثم خرج الملك في أثر الغزالة، اقتفى أثرها وتتبعها وتسلل وراءها، ثم أشار للصقر أن يلطشها على عينها إلى أن أعماها

وأفقدها توازنها، فسحب الملك سيفه وضربها في مقتل، نزل الملك فذبح الغزالة وسلخها وعلقها في قربوس السرج ونوى الرجوع إلى الوزير والعساكر.

كان وقت الظهيرة والجو حارًا جدًا، وكان المكان قفرًا، لا يوجد فيه ماء.. فعطش الملك وعطش الحصان. فالتفت الملك فرأى شجرة ينزل منها الماء وكأنه السمن، وكان الملك لابسًا في كفه جلدًا فأخذ الطاسة من رقبة الصقر، وملأها من ذلك الماء ووضع الماء أمامه.. وإذا بالصقر يلطش الطاسة برجله فيقلبها ويسيل ما فيها من ماء، فأخذ الملك الطاسة مرةً ثانيةً، وملأها وظن أن الصقر عطشان، فوضعها أمامه، فلطشها ثانيةً وقلبها.. فغضب الملك من الصقر، وأخذ الطاسة للمرة الثالثة وملأها وقدمها للحصان، فطار الصقر وقلبها بجناحه، فقال الملك:

ـ خيبك الله يا أشأم الطيور.. أوحرمتني من الشرب وحرمت نفسك وحرمت الحصان؟؟

ثم ضرب الصقر بالسيف فطار جناحيه في الهواء. فصار الصقر يقيم رأسه ويقول له بالإشارة:

ـ انظر إلى ذلك الذي فوق الشجرة.

فرفع الملك عينه فرأى فوق الشجرة حية رقطاء سامة، أما السائل الذي كان يظنه ماء فقد كان سمها. فندم الملك على قص أجنحة الصقر.. ثم قام وركب حصانه وسار ومعه الصقر والغزالة حتى وصل الملك إلى قصره، والصقر على يده.. شهق الصقر على يد الملك، ولفظ أنفاسه الأخيرة ومات.. فصاح الملك حزنًا وأسفًا على قتل الصقر الذي كان سببا في نجاته من الهلاك.

الفصل الرابع: الوزير الحسود

قال الملك يونان للوزير الحسود:

- هذا ما كان من حديث الملك السندباد.

فلما سمع الوزير كلام الملك يونان، قال له:

- أيها الملك العظيم الشأن، وما الذي فعلته من الضرورة ورأيت منه سوء؟؟ إنما فعل معك هذا شفقةً عليك.. وستعلم صحة ذلك فإن صدقتني، نجوت.. وإن كذبتني، هلكت.. أيها الملك، إن أنت آمنت لهذا الحكيم قتلك أقبح القتلات، وإن أنت أحسنت إليه، وقربته منك فإنه يدبر في هلاكك. أما ترى أنه شفاك من المرض من ظاهر الجسد بشيء أمسكته بيدك، فلا تأمن أن يُهلكك بشيء تمسكه أيضًا.

فكر الملك يونان مليًا في كلام الوزير ووجده معقولا فقال:

- صدقت أيها الوزير الناصح، فقد يكون الأمر كما ذكرت، فلعل هذا الحكيم أتى جاسوسًا يطلب هلاكي. وإذا كان أبرأني بشيء أمسكته بيدي فإنه يقدر أن يقتلني بشيء أشمه..

فكر الملك يونان مرة ثانية ثم قال لوزيره:

- أيها الوزير، ماذا ترى في هذا الحكيم؟

فقال الوزير مبتسمًا:

- أرسل في طلبه في الحال، فإن حضر، فاضرب عنقه.. فتكفي نفسك شره، وتستريح منه واغدر به قبل أن يغدر بك.

فقال الملك يونان:

- صدقت أيها الوزير.

ثم إن الملك أرسل في طلب الحكيم، فحضر وهو فرحان ولا يعلم ما قدره الرحمن.. قال له الملك:

ـ أتعلم لماذا أحضرتك؟؟

فقال الحكيم:

ـ لا يعلم الغيب إلا الله تعالى.

فقال له الملك:

ـ أحضرتك لأقتلك وأعدمك روحك.

فتعجب الحكيم رويان من ذلك القول غاية العجب، وقال في أسف:

ـ أيها الملك لماذا تقتلني؟ وأي ذنب بدا مني؟

فقال له الملك:

ـ قيل لي إنك جاسوس، وأنك أتيت إلى البلاد لتقتلني. وها أنا أقتلك قبل أن تقتلني.

وصاح الملك على السياف، وقال له في عنف:

ـ اضرب رقبة هذا الغدار، وأرحنا من شره.

فقال الحكيم مترجيًا:

ـ أبقني يبقيك الله.. ولا تقتلني يقتلك الله..

ثم أنه كرر عليه القول، مثلما كرر الصياد على العفريت، فقال الملك يونان للحكيم رويان:

ـ إنني لن آمن إلا حين أن أقتلك، فإنك أبرأتني بشيء أمسكته بيدي فلا آمن أن تقتلني بشيء أشمه أو غير ذلك.

فقال الحكيم:

ـ أيها الملك أهذا جزائي منك، تقابل المليح بالقبيح؟

فقال الملك:

ـ لا بد من قتلك من غير مهلة..

فلما تحقق الحكيم أن الملك قاتله لا محالة، بكى وتأسف على ما صنع من الجميل مع غير أهله، بعد ذلك تقدم السياف وغمي عينيه وشهر سيفه وقال للملك:

- أتأذن يا مولاي؟

والحكيم يبكي ويقول للملك:

- أبقني يبقيك الله ولا تقتلني يقتلك الله..

ثم قال الحكيم للملك وهو يبكي:

- أيكون هذا جزائي منك؟ با   عليك أبقني يبقيك الله.

ثم إن الحكيم بكى بكاءً شديدًا فقام بعض حاشية الملك وقالوا:

- أيها الملك، هب لنا دم هذا الحكيم، لأننا ما رأيناه فعل معك ذنبًا إلا أبراك من مرضك الذي أعيا الأطباء والحكماء.

فقال لهم الملك:

- أنتم لا تعرفون سبب قتلي لهذا الحكيم وذلك لأني إن أبقيته فأنا هالك لا محالة، ومن أبرأني من المرض الذي كان بي بشيء أمسكته بيدي فيمكنه أن يقتلني بشيء أشمه بأنفي.. فربما كان جاسوسًا وما جاء إلا ليقتلني. فلا بد من قتله وبعد ذلك آمن على نفسي..

فقال الحكيم:

- أبقني يبقيك الله ولا تقتلني يقتلك الله.

فلما تحقق الحكيم أن الملك قاتله لا محالة، قال له:

- أيها الملك إن كان ولابد من قتلي فأمهلني حتى أنزل إلى داري فأخلص نفسي وأوصي أهلي وجيراني أن يدفنوني، وأهب كتب الطب.. وعندي كتاب خاص أهبه لك هدية تحفظه في خزانتك.

فقال الملك للحكيم:

- وما قصة هذا الكتاب؟

قال الحكيم:

- فيه علم لا يحصى، وأقل ما فيه من الأسرار وصفة إذا قطعت رأسي وفتحت الكتاب وعددت ثلاث ورقات ثم تقرأ ثلاث أسطر

من الصفحة التي على يسارك، فإن الرأس تكلمك وتجاوبك عن جميع ما سألتها عنه.

فتعجب الملك غاية العجب واهتز من الطرب وقال له:

- أيها الحكيم، وهل إذا قطعت رأسك، تكلمت؟؟

فقال:

- نعم، بوصفة سحر الكتاب أيها الملك وهذا أمر عجيب..

ثم أن الملك أرسله مع المحافظة عليه، فنزل الحكيم إلى داره وقضى أشغاله في ذلك اليوم.. وفي اليوم التالي، دخل الحكيم إلى الديوان كما دخل الأمراء والوزراء والحجاب والنواب وأرباب الدولة. وإذا بالحكيم يقف أمام الملك، ومعه كتاب عتيق ومكحلة، جلس الحكيم ونادى قائلا:

- آتوني بطبق.

فأتوه بطبق فقال:

- أيها الملك، خذ هذا الكتاب ولا تعمل به، حتى تقطع رأسي، فإذا قطعتها فاجعلها في ذلك الطبق وأمر بكبسها، فإذا فعلت ذلك فإن دمها ينقطع..

أشار الحكيم إلى الكتاب في يد الملك وقال مستطردًا:

- افتح الكتاب.

ففتحه الملك فوجده ملصوقًا فوضع إصبعه في فمه وبلله بريقه، وفتح أول ورقة والثانية والثالثة والورق لا ينفتح إلا بصعوبة.. ففتح الملك ست ورقات ونظر فيها فلم يجد كتابة في الصفحات، فقال الملك:

- أيها الحكيم، ما من شيء مكتوب في الصفحات!

فقال الحكيم:

- اقلب الصفحات يا مولاي.

فقلب الملك الصفحات زيادة، فلم يكن إلا قليل من الزمن، حتى

سرى في جسد الملك السم الزعاف، فإن الكتاب كان مسمومًا بفعل الحكيم.. وعند ذلك، انتفض جسد الملك وازرق وجهه وبدأ في الاختناق فساد الهرج والمرج في البلاط الملكي.. وقع الملك من على عرشه ولفظ أنفاسه الأخيرة ملقىً على الأرض..

الفصل الخامس: أربع سمكات ملونة

قال الصياد الذي حبس العفريت في القمقم:

- فاعلم أيها العفريت أن الملك يونان لو أبقى الحكيم رويان لأبقاه الله، ولكنه رفض.. وأراد قتله، فقتله الله.. وأنت أيها العفريت لو كنت أبقيتني، لأبقاك الله. لكن ما أردت إلا قتلي، فأنا سأقتلك محبوسًا في هذا القمقم، وألقيك في هذا البحر..

صرخ المارد في استعطاف وقال:

- يا عليك أيها الصياد لا تفعل.. وأبقني كرمًا ولا تؤاخذني بعملي، فإذا كنت أنا مسيئًا كن أنت محسنًا، وفي الأمثال السائرة قيل "يا محسناً لمن أساء كفي المسيء فعله..".

قال الصياد:

- لابد من إلقائك في البحر ولا سبيل إلى إخراجك منه، فإني كنت أستعطفك وأتضرع إليك وأنت لا تريد إلا قتلي من غير ذنب استوجبته منك، ولا فعلت معك سوءًا قط ولم أفعل معك إلا خيرًا، لكوني أخرجتك من السجن، فلما فعلت معي ذلك، علمت أنك رديء الأصل.

فقال العفريت:

- أطلقني فهذا وقت المروءات وأنا أعاهدك أني لن أسوءك أبدًا بل أنفعك بشيء يغنيك دائمًا.

فأخذ الصياد عليه العهد أنه إذا أطلقه لا يؤذيه أبدًا بل يعمل معه الجميل.. فلما استوثق منه بالأيمان والعهود وحلفه باسم الله الأعظم، فتح له الصياد فتصاعد الدخان حتى خرج وتكامل فصار

عفريتًا مشوه الخلقة فرفس القمقم في البحر. فلما رأى الصياد أنه رمى القمقم في البحر أيقن بالهلاك وبال في ثيابه، وقال مفكرًا في خوف:

- هذه ليست علامة خير.

ثم أنه قوى قلبه. وقال:

- أيها العفريت قال الله تعالى: "وَأَوْفُوا بِالعَهْدِ إِنَّ العَهْدَ كَانَ مَسْئُولاً" وأنت قد عاهدتني وحلفت أنك لن تغدر بي، فإن غدرت بي، يعاقبك الله فإنه غيور.. يمهل ولا يهمل، وأنا قلت لك مثل ما قاله الحكيم رويان للملك يونان أبقني يبقيك الله.

فضحك العفريت ومشى أمامه، ثم قال:

- أيها الصياد، اتبعني..

فمشى الصياد وراءه وهو لا يصدق أنه نجى، إلى أن خرجا من ظاهر المدينة وصعدا على جبل ثم نزلا إلى برية متسعة.. وإذا في وسطها بركة ماء، فوقف العفريت عليها وأمر الصياد أن يطرح الشبكة ويصطاد.. فنظر الصياد إلى البركة، وإذا بها السمك ألوانًا، الأبيض والأحمر والأزرق والأصفر، فتعجب الصياد من ذلك ثم أنه طرح شبكته وجذبها فوجد فيها أربع سمكات، كل سمكة بلون، فلما رآها الصياد فرح. فقال له العفريت:

- ادخل بها إلى السلطان، وقدمها إليه كهدية، فإنه يعطيك ما يغنيك.. ولا تصطد منها كل يوم إلا مرة واحدة.. واستودعتك الله.

ثم دق الأرض بقدميه فانشقت وابتلعته أمام الصياد الذي كاد قلبه أن يتوقف من الدهشة.. مضى الصياد إلى المدينة متعجبًا مما جرى له مع هذا العفريت ثم أخذ السمك ودخل به منزله وأتى بإناء ثم ملأه ماء ثم حمله فوق رأسه وقصد به قصر الملك كما أمره العفريت. فلما دخل الصياد على الملك، وقدم له السمك تعجب الملك غاية العجب من ذلك السمك الذي قدمه إليه الصياد

لأنه لم ير في عمره مثله صفة ولا شكلاً.. فقال لحاشيته:

ـ أعطوا هذا السمك للجارية الطباخة..

فأمرها الوزير أن تقليه، وقال لها:

ـ يا جارية، إن الملك يرغب في طعام لذيذ فلترينا طهيك وحسن طبيخك فإن السلطان جاء إليه واحد بهدية..

ثم رجع الوزير بعدما أوصاها، فأمره الملك أن يعطي الصياد أربعمائة دينار، فأعطاه الوزير إياها فأخذها الصياد في حجره وتوجه إلى منزله لزوجته، وهو فرحان مسرور ثم اشترى لأطفاله ما يحتاجون إليه.. وهذا ما كان من أمر الصياد.

وأما ما كان من أمر الجارية، فإنها أخذت السمك ونظفته ووضعته في الطاجن ثم إنها تركت السمك حتى استوى وجهه وقلبته على الوجه الآخر، وإذا بحائط المطبخ قد انشق وخرجت منه صبية رشيقة القد أسيلة الخد كاملة الوصف كحيلة الطرف بوجه مليح وقد رجيح لابسة كوفية من خز أزرق وفي أذنيها حلق وفي معاصمها أساور وفي أصابعها خواتم بالفصوص المثمنة وفي يدها قضيب من الخيزران.. فغرزت القضيب في الطاجن وقالت:

ـ يا سمك، يا سمك، هل أنت على العهد القديم مقيم.

فلما رأت الجارية هذا غشي عليها وقد أعادت الصبية القول ثانيًا وثالثًا، فرفع السمك رأسه في الطاجن وقال:

ـ نعم، نعم.

وعند ذلك، قلبت الصبية الطاجن وخرجت من الموضع الذي دخلت منه والتحمت مع حائط المطبخ.. وعندما أفاقت الجارية، رأت الأربع سمكات محروقة مثل الفحم الأسود، وإذا بالوزير واقف على رأسها، وقال لها:

ـ هاتي السمك للسلطان، فبكت الجارية وأعلمت الوزير بما حدث

من عجب.. فاندهش الوزير وأرسل إلى الصياد فجاءوا به إليه.

فقال له أيها الصياد:

- لا بد أن تأت لنا بأربع سمكات مثل التي أتيت بها أمس.

فخرج الصياد إلى البركة وطرح شبكته ثم جذبها وإذا بأربع سمكات، فأخذها إلى الوزير، أعطاه الوزير أربعمائة دينار، ودخل بها الوزير إلى الجارية، وقال لها:

- قومي فاطهيه أمامي لأرى ما يحدث.

فقامت الجارية ونظفت السمكات، ووضعتها في الطاجن على النار فما استقر إلا قليلاً.. وإذا بالحائط قد انشق، والصبية قد ظهرت وهي لابسة ملبسها وفي يدها القضيب فغرزته في الطاجن وقالت:

- يا سمك، هل أنت على العهد القديم مقيم؟

فرفعت السمكات رؤوسها وقالت:

- نعم، نعم.

فغشي على الوزير والجارية، ولما أفاقا وجدا السمك أصبح مفحمًا.

وفي المرة الثالثة، حضر الملك مع الوزير والجارية ليرى ما يحدث بعينه، فتكرر الوضح حتى أصبح السمك فحمًا أسود، فأفاق الملك من غمرة العجب والدهشة وقال:

- هذا أمر لا يمكن السكوت عنه، ولابد أن هذا السمك له شأن غريب.

فأمر بإحضار الصياد، فلما حضر قال له:

- من أين هذا السمك؟

فقال له:

- من بركة بين أربع جبال وراء هذا الجبل الذي بظاهر مدينتك يا مولاي.

فالتفت الملك إلى الصياد وقال له بنفاذ صبر:

- مسيرة كم يوم؟

قال الصياد:

- يا مولانا السلطان، إنها مسيرة نصف ساعة.

فتعجب السلطان وأمر بخروج العسكر في الحال وذهب الجميع مع الصياد، والصياد يلعن العفريت في نفسه وساروا إلى أن طلعوا الجبل ونزلوا منه إلى برية متسعة لم يروها مدة أعمارهم، والسلطان وجميع العسكر يتعجبون من تلك البرية التي نظروها بين أربع جبال والسمك فيها على أربعة ألوان أبيض وأحمر وأصفر وأزرق. فوقف الملك متعجبًا وقال للعسكر ولمن حضر:

- هل رأى منك أحدًا هذه البركة في هذا المكان من قبل؟

فقالوا كلهم:

- كلا يا مولانا.

فقال الملك:

- والله لا أدخل مدينتي ولا أجلس على عرشي حتى أعرف حقيقة هذه البركة وسر سمكها.

ثم أمر الناس بالتخييم حول هذه الجبال فخيموا، ثم نادى الوزير، وكان وزيرًا عاقلاً عالمًا بالأمور، فلما حضر بين يديه قال له الملك:

- إني أريد أن أنفرد بنفسي في هذه الليلة وأبحث عن خبر هذه البركة وسمكها، فاجلس على باب خيمتي وقل للأمراء والوزراء والحجاب أن السلطان متشوش، وأنني أمرتك ألا تأذن لأحد في الدخول علي، ولا تعلم أحد بقصدي، فلم يقدر الوزير على مخالفته.

وعندما حل الليل، ارتدى الملك ملابس العامة وتقلد سيفه وانسل من بينهم ومشى بقية ليله إلى الصباح، فلم يزل سائرًا

حتى اشتد عليه الحر فاستراح ثم مشى بقية يومه وليلته الثانية إلى الصباح.. فلاح له سواد من بعد ففرح وقال:

- لعلي أجد من يخبرني بقضية البركة وسمكها.

فلما اقترب من السواد، فإذا به قصرًا مبنيًا بالحجارة السود مصفحًا بالحديد وأحد شقي بابه مفتوح والآخر مغلق. ففرح الملك ووقف على الباب ودق دقًا لطيفًا فلم يسمع جوابًا، فدق ثانيًا وثالثًا فلم يسمع جوابًا، فدق رابعًا دقًا مزعجًا فلم يجبه أحد. فقال:

- لابد أن هذا القصر مهجور.

فتشجع ودخل من باب القصر إلى دهليز ثم صاح وقال:

- يا أهل القصر إني رجل غريب وعابر سبيل، هل عندكم شيء من الزاد؟

وأعاد القول ثانيًا وثالثًا فلم يسمع جوابًا، فقوي قلبه وثبت نفسه ودخل من الدهليز إلى وسط القصر فلم يجد فيه أحدًا، غير أنه مفروش وفي وسطه فسقية عليها أربع تماثيل لأسود من الذهب، ترش الماء من أفواهها كالدر والجواهر وفي دائرة طيور وعلى ذلك القصر شبكة تمنعها من الطلوع، فتعجب من ذاك وتأسف حيث لم ير فيه أحد يستخبر منه عن تلك البركة والسمك والجبال والقصر، ثم جلس بين الأبواب يتفكر وإذا به يسمع أنينا في الجوار. فلما سمع السلطان ذلك الأنين نهض قائمًا وقصد جهته فوجد سترًا مسبولاً على باب مجلس فرفعه فرأى خلف الستر شابًا جالسًا على سرير مرتفع عن الأرض مقدار ذراع، وهو شاب مليح بقد رجيح ولسان فصيح وجبين أزهر وخد أحمر وشامة على كرسي خده كترس من عنبر.. ففرح به الملك وسلم عليه والصبي جالس وعليه قباء حرير بطراز من ذهب لكن عليه أثر الحزن، فرد السلام على الملك وقال له:

- يا سيدي، اعذرني عن عدم القيام.

فقال الملك:

ـ أيها الشاب، أخبرني عن هذه البركة وعن سمكها الملون وعن هذا القصر وسبب وحدتك فيه وما سبب بكائك؟

فلما سمع الشاب هذا الكلام نزلت دموعه على خده وبكى بكاء شديدًا، فتعجب الملك وقال:

ـ ماذا يبكيك أيها الشاب؟

فقال:

ـ كيف لا أبكي وهذه حالتي.

ومد يده إلى أقدامه فإذا نصفه السفلي إلى قدميه حجر ومن صرته إلى شعر رأسه بشر. ثم قال الشاب:

ـ اعلم أيها الملك أن لهذا أمرًا عجيبًا لو كتب بالإبر على آفاق البصر لكان عبرة لمن اعتبر..

الفصل السادس: الساحرة والعبد الأسود

قال الشاب:

ـ كان والدي ملك هذه المدينة وكان حاكم الجزر السوداء وصاحب هذه الجبال الأربعة أقام في الملك سبعين عامًا.. ثم توفي والدي فورثت عنه الملك من بعده، وتزوجت بابنة عمي التي كانت تحبني محبة عظيمة.. بحيث إذا غبت عنها لا تأكل ولا تشرب حتى تراني، فمكثت في عصمتي خمس سنوات.. وذات يوم، ذهبت إلى الحمام، فأمرت الطباخ أن يجهز لنا طعام العشاء، ثم دخلت هذا القصر، ونمت في الموضع الذي أنا فيه، وأمرت جاريتين أن يهويا على وجهي بهوايتين، فجلست واحدة عند رأسي والأخرى عند رجلي.. وقد قلقت لغياب زوجتي، ولم يأخذني نوم غير أن عيني مغمضة ونفسي يقظانة. فسمعت الجارية التي عند رأسي تقول للتي عند رجلي:

ـ يا مسعودة إن سيدنا مسكين على شبابه، ويا خسارته مع سيدتنا الخبيثة الخاطئة.

فقالت الأخرى:

ـ لعن الله النساء الزانيات، ولكن مثل سيدنا وأخلاقه لا يصلح لهذه الزانية التي كل ليلة تبيت في غير فراشه.

فقالت التي عند رأسي:

ـ إن سيدنا مغفل، حيث لم يسأل عنها.

فقالت الأخرى:

ـ ويلك، وهل عند سيدنا علم بحالها أو هي تخليه باختياره بل

تعمل له عملاً في قدح الشراب الذي يشربه كل ليلة قبل المنام فتضع فيه البنج فينام ولا يشعر بما يجري، ولا يعلم إلى أين تذهب، لأنها بعد أن تسقيه الشراب، تلبس ثيابها وتخرج من البيت، فتغيب إلى الفجر وتأتي إليه وتبخره عند أنفه، فيستيقظ من منامه.

فلما سمعت كلام الجواري أصبح الضياء في وجهي ظلامًا، وما صدقت أن الليل أقبل وجاءت بنت عمي من الحمام فمددت السماط وأكلنا، وجلسنا ساعة نتنادم كالعادة.. ثم دعوت بالشراب الذي أشربه عند المنام، فناولتني الكأس فراوغت عنه وجعلت أشربه مثل عادتي ثم سكبته خلفي ثم مثلت أنني نمت في الوقت والساعة.. وإذا بها تقول في فجور:

- نم يا ليتك لا تقم، والله كرهتك وكرهت صورتك وملت نفسي من عشرتك.

ثم قامت ولبست أفخر ثيابها وتبخرت وتقلدت سيفًا وفتحت باب القصر وخرجت. فقمت وتبعتها حتى خرجت ومشت في أسواق المدينة إلى أن انتهت إلى أبواب المدينة، فتكلمت بكلام لا أفهمه فتساقطت الأقفال وانفتحت الأبواب وخرجت وأنا خلفها وهي لا تشعر حتى انتهت إلى ما بين الجبلين.. وأتت حصنًا فيه قبة مبنية بطين لها باب، فدخلته هي، وصعدت أنا على سطح القبة لأرى ماذا تفعل من حيث لا تراني، فاذا بها قد دخلت على عبد أسود إحدى شفتيه غطاء وشفته الثانية وطاء وشفاهه تلقط الرمل من الحصى وهو مبتلى وراقد على قليل من قش القصب فقبلت الأرض بين يديه. فرفع ذلك العبد رأسه إليها وقال لها غاضبًا:

- ويلك، ما سبب تأخرك إلى هذه الساعة؟؟

قالت في غنج:

- اعف عني يا مولاي..

وشربوا الشراب ثم عاشرها معاشرة الأزواج، وبعد أن انتهيا،

جلست بدون ملابس إلى جواره وقالت:

- يا سيدي، وحبيب قلبي، أما تعلم أني متزوجة بابن عمي؟؟ وأنا أكره النظر في وجهه وأبغض نفسي في صحبته.. ولولا أني أخشى على خاطرك، لكنت جعلت المدينة خرابًا يصيح فيها البوم والغربان..

التفت إليها العبد الأسود وقال:

- تكذبين يا عاهرة.. وأنا أحلف وحق فتوة السودان وإلا تكون مروءتنا مروءة البيضان، إن أنت مكثتي إلى هذا الوقت من هذا اليوم، لا أصاحبك ولا أضع جسدي على جسدك.. يا خائنة، تغيبين علي من أجل شهوتك؟؟

قال الملك الشاب:

- فلما سمعت كلامها وأنا أنظر بعيني ما جرى بينهما صارت الدنيا في وجهي ظلامًا ولم أعرف روحي في أي موضع وصارت.. زوجتي وابنة عمي واقفة تبكي إلي عبد أسود وتتدلل بين يديه وتقول له:

- يا حبيبي وثمرة فؤادي، ما أحد غيرك بقي لي فإن طردتني يا ويلي، يا حبيبي يا نور عيني.

وما زالت تبكي وتتضرع له حتى رضي عليها.. ففرحت وقالت في سرور:

- يا سيدي، هل عندك ما تأكله جاريتك؟

فقال لها:

- اكشفي هذا القدر، فإن تحت غطاءه بعض من عظام الفئران مطبوخة فكليها، وقومي لهذه القوارير، فستجدين فيها بوظة، فاشربيها.

ولعجبي، فقامت وأكلت وشربت وغسلت يديها، وجاءت فرقدت مع العبد على قش القصب وتعرت ودخلت معه تحت الغطاء..

فلما رأيت هذه الأفعال، غلى الدم في عروقي، فأمسكت بسيفي ونويت أن أقتل الإثنين. فاقتربت منهما في غفلة، وضربت رقبة العبد لأقطع رأسه، فقطعت الحلقوم والجلد واللحم.. فظننت أني قتلته، ولكنه شخر شخيرًا عاليًا، فتواريت خلف الجدار، فلما أفاقت ابنة عمي، قامت ونظرت إليه في ارتياع، فلطمت الخدود وولولت عليه وأخذت من تراب الأرض ووضعت على رأسها.. وبعد حين وتوجهت إلى المدينة، ودخلت القصر ونامت في فراشي إلى الصباح. وفي الصباح، رأيت ابنة عمي في ذلك اليوم قد قصت شعرها ولبست ثياب الحزن.. فسألتها:

- ما بك يا زوجتي الحبيبة؟؟

قالت:

- يا ابن عمي لا تلمني فيما أفعله، فإنه بلغني أن والدتي توفيت وأن والدي قتل في الجهاد، وأن أخوي أحدهما مات ملسوعًا والآخر مان مخنوقًا، فيحق لي أن أبكي وأحزن..

فلما سمعت كلامها، سكت عنها وقلت لها:

- افعلي ما بدا لك، فإني لا أخالفك.

فمكثت في حزن وبكاء سنة كاملة من الحول إلى الحول. وبعد السنة، قالت لي:

- أريد أن أبني في قصرك مدفنًا مثل القبة وأنفرد فيه بالأحزان، وأسميه بيت الأحزان.

فقلت لها:

- افعلي ما بدا لك..

فبنت لها بيتًا للحزن في وسطه قبة ومدفنًا مثل الضريح، ثم نقلت العبد الذي ظل حيًا وأنزلته فيه وهو ضعيف جدًا لا ينفعها بنافعة لكنه يشرب الشراب، ومن اليوم الذي جرحته فيه، لم يتكلم إلا أنه حي لأن أجله لم يفرغ.. فصارت كل يوم تدخل عليه القبة بكرةً

وعشيًا.. وتبكي عنده، وتعدد عليه وتسقيه الشراب والمساليق. ولم تزل على هذه الحالة صباحًا ومساءً حتى مرت سنة أخرى، وأنا أطول بالي عليها.. إلى أن دخلت عليها يومًا من الأيام، على غفلة فوجدتها تبكي وتلطم وجهها وتقول هذه الأبيات:

عدمت وجودي في الورى بعد بعدكم فإن فؤادي لا يحب سواكم

خذوا كرمًا جسمي إلى أني ترتموا وأين حللتم فادفنوني حداكم

وإن تذكروا اسمي عند قبري يجيبكم أنين عظامي عند صوت نداكم

فلما انتهت من شعرها، قلت لها وسيفي مسلول في يدي:

- هذا كلام الخائنات اللاتي يسكرن المعشر، ولا يحفظن الصحة.

وهممت أن أضربها فرفعت يدي في الهواء، فقامت وقد علمت أني أنا الذي جرح العبد ثم وقعت على الأرض وتكلمت بكلام لا أفهمه، وقالت:

- يجعل الله بسحري نصفك حجرًا ونصفك الآخر بشرًا..

وفجأة سكنت حركتي وتحور نصفي الأسفل إلى أن صار حجرًا كما ترى. ومنذ ذلك الحين، وأنا لا أقوم ولا أقعد ولا أنا ميت ولا أنا حي. فلما صرت هكذا.. أرادت ابنة عمي الانتقام مني ومن مملكتي، فسحرت المدينة وما فيها من الأسواق والغيطان.. وكانت مدينتنا أربعة أصناف مسلمين ونصارى ويهود ومجوس فسحرتهم سمكًا، فالأبيض مسلمون والأحمر مجوس والأزرق نصارى والأصفر يهود.. وسحرت الجزائر الأربعة فأصبحوا جبالاً.. وأحاطتها بالبركة، ثم إنها كل يوم تعذبني، وتضربني بسوط من الجلد مائة ضربة حتى يسيل الدم ثم تلبسني من تحت هذه الثياب ثوبًا من الشعر على نصفي الأعلى.

ثم أن الشاب بكى وأنشد:

صبراً لحكمك يا إله القضا أنا صابر إن كان فيه لك الرضا

قد ضقت بالأسر الذي نابني فوسباني أل النبي المرتضى

فعند ذلك التفت الملك إلى الشاب وقال له:

- أيها الشاب المسكين، لقد زدتني همًا على همي.

ثم سأله:

- وأين تلك المرأة الملعونة؟

قال الشاب:

- في المدفن الذي فيه العبد راقد تحت القبة، وهي تأتي له كل يوم مرة، وعند مجيئها تأتي إلى وتجردني من ثيابي، وتضربني بالسوط مئة ضربة وأنا أبكي وأصيح.. ولا أستطيع حركة حتى أدفعها عن نفسي، ثم بعد أن تعاقبني العقاب اليومي، تذهب إلى العبد بالشراب والحساء وتمكث عنده ساعة من الوقت.

قال الملك:

- والله يا فتى لأفعلن معك معروفًا أُذكر به، وجميلاً يؤرخونه سيرًا من بعدي..

ثم جلس الملك يتحدث معه إلى أن أقبل الليل.. ثم قام الملك وصبر إلى أن جاء وقت السحر فتجرد من ثيابه وتقلد سيفه وذهب إلى المكان الذي فيه العبد الأسود، فنظر إلى الشمع والقناديل ورأى البخور والأدهان.. ثم قصد العبد وضربه فقتله ثم حمله على ظهره ورماه في بئر كانت في القصر. ثم نزل ولبس ثياب العبد وهو داخل القبة والسيف معه، فبعد ساعة أتت العاهرة الساحرة.. وعند دخولها جردت ابن عمها من ثيابه وأخذت سوطًا، وأخذت تضربه فقال:

- آه، آآآه، ياويلي، يكفيني ما أنا فيه، فارحميني.

فقالت:

- هل كنت أنت رحمتني وأبقيت لي معشوقي؟

ثم ألبسته لباس الشعر والقماش من فوقه لتمعن في عذابه.. ثم

نزلت إلى العبد ومعها قدح الشراب وطاسة الحساء.. ودخلت عليه القبة وبكت وولولت وقالت:

- يا سيدي كلمني، يا سيدي حدثني وأنشدت تقول:

فإلى متى هذا التجنب والجفا إن الذي فعل الغرام لقد كفى

كم قد تطيل الهجر لي معتمدًا إن كان قصدك حاسدي فقد اشتفى

ثم بدأت في البكاء والنحيب وقالت:

- يا سيدي، كلمني وحدثني.

فخفض صوته، وعوج لسانه وتكلم بكلام السودان وقال:

- آه.. لا حول ولا قوة إلا با ..

فلما سمعت كلامه صرخت من الفرح وغشي عليها.. وبعد بعض الوقت، استفاقت وفكرت:

- لعل سيدي قد شفي؟

فخفض صوته بضعف وقال:

- يا عاهرة، أنت لا تستحقين أن أكلمك..

قالت:

- ولم ذلك يا مولاي؟

قال:

- أنك طوال النهار تعاقبين زوجك بالسوط وهو يصرخ ويستغيث، حتى حرمتني النوم من العشاء إلى الصباح.. ولم يزل زوجك يتضرع ويدعو عليك حتى أقلقني صوته، ولولا هذا لكنت تعافيت، فهذا الذي منعني عن جوابك.

فقالت:

- إئذن لي، أخلصه مما هو فيه.

فقال:

- خلصيه وأريحينا..

فقالت:

- سمعًا وطاعة.

خرجت مسرعةً من القبة إلى القصر وأخذت إناء وصبت فيه بعض الماء، ثم تكلمت عليها فصار الماء يغلي بالقدر.. اقتربت من زوجها ومازال يئن، فرشت عليه الماء وقالت:

- بحق ما تلوته أن تخرج من هذه الصورة إلى صورتك الأولى..

فانتفض الشاب وتحور نصفه السفلي فاسترد شكله وتكوينه، فقام الشاب على قدميه غير مصدق أنه شفي، وفرح بخلاصه أشد فرح، وقال:

- أشهد أن لا إله إلا الله وأن محمدًا رسول الله صلى الله عليه وسلم.

نظرت إليه نظرة يملأها الكره والضغينة وقالت له:

- اخرج، ولا ترجع إلى هنا.. وإلا قتلتك.

وصرخت في وجهه، فخرج من بين يديها فأسرعت إلى القبة ونزلت إلى مكان العبد وقالت:

- يا سيدي، اخرج إلي حتى أنظرك.

فقال لها بصوت ضعيف:

- ماذا فعلت يا بائسة، أرحتيني من الفرع ولم تريحيني من الأصل.

فقالت:

- يا حبيبي وما هو الأصل؟

قال:

- أهل هذه المدينة والأربع جزائر كل ليلة، إذا انتصف الليل يرفع السمك رأسه ويدعو علي وعليك فهو سبب منع العافية عن جسمي، فخلصيهم وتعالي خذي بيدي، وأقيميني، فقد توجهت إلى العافية.

فلما سمعت كلام الملك وهي تظنه العبد، قالت له وهي فرحة:

- يا سيدي، على رأسي وعيني بسم الله.

ثم قامت وهي مسرورة تجري وخرجت إلى البركة وأخذت من مائها قليلاً، وألقت عليه تعويذة غير مفهومة، ورشته على البركة، فتحرك السمك ورفع رأسه وتحول إلى أناس آدميين في الحال.. وانفك السحر عن أهل المدينة وأصبحت عامرة والأسواق منصوبة، وصار كل واحد في صناعته وانقلبت الجبال جزائر كما كانت.. اطمأنت الساحرة أنها حققت رغبات من تظنه عشيقها فرجعت إلى الملك في الحال وهي تظن أنه العبد وقالت:

- يا حبيبي، ناولني يدك الكريمة أقبلها فقد حققت كل رغباتك وأعدت المدينة إلى سيرتها الأولى.

فقال الملك بكلام خفي:

- اقتربي مني.

فدنت منه فاستل سيفه وطعنها به في صدرها حتى خرج السيف من ظهرها، قام واقفا، وأخرج السيف من صدرها وضربها فشقها نصفين.. فوقعت على الأرض، وقد لفظت أنفاسها الأخيرة.. خرج الملك، فوجد الشاب المسحور واقفًا في انتظاره فهنأه بالسلامة.. وقبل الشاب يده وشكره فقال له الملك:

- أتريد أن تمكث في مدينتك أم تأتي معي إلى مدينتي؟

فقال الشاب:

- يا ملك الزمان، أتدري ما المسافة من هنا إلى مدينتك؟

فقال الملك:

- مدينتي ليست ببعيده، لن تتخط المسافة مسيرة يومان ونصف اليوم..

ضحك الشاب وقال:

- يا مولاي، إن كنت نائمًا فاستيقظ.. إن بينك وبين مدينتك مسيرة

سنة.. وما أتيت أنت في يومين ونصف إلا لأن المدينة كانت مسحورة.. وأنا أيها الملك أخذت عهدًا على نفسي ألا أفارقك لحظة.

ففرح الملك بقوله، ثم قال:

- الحمد الذي من علي بك، فأنت ولدي لأني طوال عمري لم أرزق ولدًا.

ثم تعانقا وفرحا فرحًا شديدًا، ثم مشيا حتى وصلا إلى القصر الملك فاستقبل الحراس مليكهم بفرحة كبيرة وخرجت الحاشية وكبار المدينة ليهنئوا ملكهم على رجوع المدينة إلى سيرتها الأولى على إزاحة غمة السحر الأسود.. أخبر الملك الذي كان مسحورًا أرباب دولته أنه مسافر إلى الحج. فهيئوا له جميع ما يحتاج إليه ثم رحل هو والسلطان. وقلب السلطان ملتهب على مدينته حيث غاب عنها سنة. سافرا ومعهما خمسون مملوكًا، ولم يزالا مسافرين ليلاً ونهارًا سنة كاملة حتى أقبلا على مدينة السلطان. فخرج الوزير والعساكر بعدما قطعوا الرجاء منه وأقبلت العساكر وقبلت الأرض بين يديه وهنأوه بالسلامة، فدخل وجلس على العرش، ثم أقبل على الوزير وأعلمه بكل ما جرى مع الملك الشاب، فلما سمع الوزير ما جرى على الشاب هنأه بالسلامة.

ولما استقر الحال أنعم السلطان على أناس كثيرون، ثم قال للوزير:

- آتني بالصياد الذي أتى بالسمك.

فأرسل إلى ذلك الصياد الذي كان سببًا لخلاص أهل المدينة.. فأحضره. مثل الصياد في بلاط السلطان وقبل الأرض بين يديه، فابتسم له السلطان وأنعم عليه بالمنح والهدايا والأموال ثم سأله عن حاله وهل له أولاد؟؟ فأخبره الصياد أن له ابنًا وبنتين.. فتزوج الملك بإحدى بنتيه وتزوج الشاب بالأخرى.

وعين الملك ابن الصياد عنده وجعله خازندارًا، ثم أرسل الوزير إلى مدينة الشاب التي هي الجزائر السود وقلده سلطنتها وأرسل معه الخمسين مملوكا الذين جاءوا معه وكثيرٌ من المنن والعطايا لسائر الأمراء. فقبل الوزير يديه وخرج مسافرًا واستقر السلطان والشاب. وأما الصياد فإنه قد صار أغنى أهل زمانه وبناته زوجات الملوك إلى أن أتاهم الممات.